衛斯理系列 少年版 28

天外金球

上

作者：衛斯理

文字整理：耿啟文

繪畫：鄺志德

老少咸宜的新作

　　寫了幾十年的小說，從來沒想過讀者的年齡層，直到出版社提出可以有少年版，才猛然省起，讀者年齡不同，對文字的理解和接受能力，也有所不同，確然可以將少年作特定對象而寫作。然本人年邁力衰，且不是所長，就由出版社籌劃。經蘇惠良老總精心處理，少年版面世。讀畢，大是嘆服，豈止少年，直頭老少咸宜，舊文新生，妙不可言，樂為之序。

倪匡　2018.10.11　香港

主要登場角色

章摩

薩仁

白素

大將軍

錢萬人

第一章

一群逃亡者的請求

　　這個故事發生在我和白素尚未 **結婚**、正準備婚禮的時候。事情的上半部是白素的經歷，我在後半部才參與其中。

　　巴黎的雨夜份外迷人，白素獨個兒開着車回酒店。

　　她本來是與父親 *白老大* 一起來歐洲遊玩的，可是白老大一到法國，就被幾位舊朋友拉去農莊，一同研究讓新酒快速變陳酒的方法。如果 **研究** 成功，那麼才釀

好一個月的酒，品嘗起來，就像是已在 **地窖** 中藏了一百五十年一樣。這是個十分遠大的計劃，他們幾個人在農莊裏 **日以繼夜** 地做實驗，當然少不免要不斷品嘗「實驗品」，這才是他們的真正目的。

那個雨夜是白素決定在 **歐洲** 逗留的最後一夜，她準備回酒店去，收拾東西直赴機場。可是當她的車子來到酒店門口停下，酒店的侍者替她拉開車門時，兩個穿着陳舊 **西服** 的中年人卻搶先一步迎了上來。

白素剛下車，其中一個中年人便以生硬的中國語説：「白小姐？」

白素打量了一下他們，他們有可能是 **中國人**，但也有幾分像 **蒙古人**，白素以疑問的神色回應道：「是的。請問……」

不料她的話才出口，那男子就突然踏前一步，將抓在手中的一條 **藍色緞帶子** 掛在白素的頸上，面露十分虔誠的神情。

白素知道這是一個 **神秘地域** 特有的禮節，她低頭望了一下那緞帶子，問：「兩位有事情找我？」

「是。」

「那我們進酒店再説如何？外面風大，也不適宜講話。」

白素深信這兩個人沒有惡意，只是 **有事相求**，於是帶他們回到酒店三樓的大套房，走進會客室，請兩人坐下來。

她脫下了 **皮大衣**，在他們的對面坐下，「兩位有什麼事情，不妨直接説，我準備趕 **夜班航機** 離去。」

那兩個中年人忙道：「是，是，白小姐，我們請你看一張地圖。」

他們其中一人小心翼翼地取出了一個油紙包，解開來，是一個鑲滿了各種  寶石 的金盒子，鑲工極其精緻，以寶石砌成了一個獅子圖案。

白素是珠寶鑒定的大行家，一看就知盒子上的寶石都 價值連城。

那中年人打開金盒，從盒子中拈出一疊折得整齊，卻非常陳舊的羊皮來。

他們其中一人說：「白小姐，*我們是一群逃難的人。*」

聽他們這樣說，再加上剛才將緞帶子掛在別人頸上的禮節，白素已經知道他們的來歷了。

他們來自那個充滿宗教色彩的地域，那裏最近發生戰爭，所以他們逃亡到這裏來。

「原來你們是受盡了苦難的人。」白素嘆了一聲。

「我們本來想找令尊幫忙，令尊曾經在我們的地方，做過我們的貴賓。」

白素點了點頭，「是，那是多年以前的事了，但他還是津津樂道，說你們的地方是世界靈學研究的中心，是世上唯一以 *精神* 凌駕於一切之上 的神秘地域。」

但那中年人嘆了一聲，「可是令尊最近好像很忙，還未聽清楚我們請求的事情，就說自己老了，叫我們來找白小姐，他説白小姐你的身手和才智都不在他之下。」

白素心裏哭笑不得，暗罵父親只顧着「研究釀酒」，把其他事情都推到 **女兒** 身上去。

白素苦笑着問：「那麼，你們想要我幫忙的是什麼？」

「我們這次逃難 **十分倉皇**，以致有一件非常重要的東西，忘了帶走。」

白素皺了皺眉，不作聲。

「所以，我們想請白小姐代

我們去將那件東西取出來。」那中年人一面説着，一面把

那塊羊皮在 茶几 上攤了開來。

羊皮上有許多藍色和紅色的 線條，乍看不知是什麼東西，看久了，勉強像一幅地圖。

這時，另一人從袋中取出一個小小的 金盒子 ，也打開放在几上。

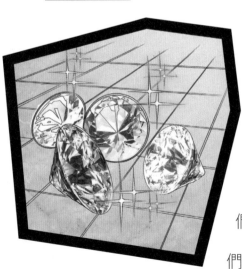

盒內是四顆鑽石，每一顆都在 十卡 以上，顏色極純，在燈光下發出炫目的光彩。

「這四顆鑽石，是我們送給白小姐的。請你把我們 遺下 的東西取出來。」

　　白素呆了一會，苦笑道：「我哪有這麼大的神通？你們不是不知道那地方的情形，現在有多少武裝部隊在？我一個人，怎樣應付一支 **軍隊** ？」

　　那兩個中年人出奇地沒有苦苦哀求，只是互望了一眼，露出極其難過的神色。

　　「我們能理解的，白小姐，打擾了。」他們沉重地 **嘆了一口氣** ，便收拾好東西，走出會客室，然後離開。

　　由於心裏有點過意不去，在兩人走了之後，白素走到寬大的 **陽台** 上，再看看他們的情況。

　　只見那兩個人剛好從酒店的大門走出去，到了對面街的時候，卻閃出了另外兩個人，強行將他們 **塞** 進一輛汽車，他們奮力掙扎着。

　　白素大吃一驚，連忙衝出房間，等不及升降機來到，就從 **樓梯** 飛奔下去。她的動作十分快，衝出了酒店門口，直奔向對方那輛車子。

　　這時車子恰好要發動，白素 **當機立斷**，一揚手，便射出了兩枚小小的飛鏢。

那種飛鏢是她特別設計的，能射穿一厘米厚的鋼板。

兩枚鋼鏢分別射穿了那汽車的兩個 **後輪胎**，使車子

猛烈地震動起來。

白素連忙趕了過去，可是她才踏前一步，車中便有一

柄手槍從窗口伸了出來，「**砰砰**」地開了兩槍。

白素早在槍口揚出車窗之際，及時滾地避到牆角去，

所以那兩槍沒有射中她，**子彈** ▬ 直嵌入牆中。

接着又聽到兩下槍聲，然後靜寂了一會，既沒有槍聲，也沒有開車聲。

白素戰戰兢兢地探頭看去，發現車子的門全被打開，心中不禁升起 **不祥的預感**，連忙奔跑過去，看見車廂中只剩下那兩個被挾持的中年人，而 **挾持者** 已經逃逸了。

兩人還在車廂中，是因為沒能力逃走，他們臉上的肌肉可怕地抽搐着，**胸口** 各有一個子彈孔，鮮血不斷湧出。

他們一見到白素，其中一人便喘着氣説：「他們沒有得到……所有的東西……我們放在你的書桌下……白小姐，*你要幫助……我們……*」

第二章

研究神宮地圖

　　白素實在沒有勇氣去拒絕一個臨死的人的要求，便急忙點了點頭，答應他們。

　　他們臉上竟現出了 微笑 來，然後迅即就斷了氣。

　　警車快來到了，白素不想節外生枝，匆匆返回酒店房間，在 書桌 底下果然找到了那幾件東西：一個鑲

有寶石的金盒，內有羊皮圖，另一個細小的盒子，裏面放着四顆鑽石，還有一封信。

怪不得那兩個中年人在白素婉拒了之後，沒有繼續**苦苦哀求**，因為他們知道哀求也沒有用，就索性把東西留下來，讓她沒有拒絕的餘地。

事情的變化來得太突然了，白素既然答應了他們，看來非捲入這個**旋渦**之中不可。

她以最快的速度收拾好  行李，連同那兩個中年人留下的東西，帶上車子去，然後開車駛往機場。

她一面開車，一面打電話給白老大，訴說自己目前的處境。

但白老大顯然沒有專心聽她的話，只是 敷衍 地回應着：「啊……你可以的……大不了就拒絕他們吧……不跟你說了，我在忙。」

白素嘆了一口氣。

到達機場後，她想起那兩個中年人遺下的東西中，有一封 信 ✉ 是她未讀過的，於是走進廁所，在廁格裏拿出那封信，看看 內容 是什麼。

信是用英文寫的，信中寫着：

「一、請立即動身，到加爾各答甘地路十九號的住宅，到時會有人 **告訴** 你一切詳情。

二、請小心，我們一直被人追殺，你也可能會被盯上。

三、你在替我們做一件 **無上的功德**，佛會保佑你。」

白素看完後，牢牢記住內容，尤其是那個地址，然後將信撕成了極碎的 **碎片**，從馬桶沖掉。

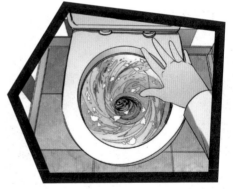

白素感覺到機場裏好像有人在跟蹤和監視着自己，為免 **夜長夢多**，她買了能最快離開的航班機票，先去羅馬，再轉機去印度的加爾各答。

等到她在飛機上坐定之後，才覺得 **真正安全** 了。

乘客陸續登機，在白素旁邊坐下的是一個中國人，年約四十歲，空中小姐將他引到座位上的時候，稱呼他「**周法常博士**」。這個名字令得白素肅然起敬，因為誰都知道，周博士是一位著名的科學家。

周法常似乎不怎麼喜歡講話，一上飛機就閉目養神，直到飛機起飛，**空中小姐** 也忙過了一陣子之後，周法常才睜開眼來，將他手中的一本書，放在白素的膝蓋上。

這突如其來的舉動，令白素吃了一驚。

白素向那本書看去，竟看見 **書** 的封面上，用中文字潦草地寫着：「白小姐，我們要談一些話，請別吃驚。」

白素強作鎮靜，將那本書放回周法常的手上，「我在 **飛機** 上看書會暈機的，謝謝了。」

周法常笑了笑，沉聲道：「為了你自己的安全着想，將得到的東西拿出來。」

「周博士怎麼知道我在 **法國** 買了許多東西？有化妝品、手袋、衣服、首飾等等，難道周博士對這些也有研究？」

「你知道我所指的是什麼。但不急，*路途漫漫*，你遲早會拿出來的。」周法常說起話來，總是保持着那種很有風度的笑容。

白素沒理睬他，伸了一個**懶腰**，放下椅背，別過頭去看窗外風景。

從表面上看來，白素十分鎮定，但其實內心異常焦急。

她知道自己已墮入敵人的**捕獵網**中，他們從機場跟蹤到飛機上，很明顯還會跟蹤下去，「路途漫漫」就是指 *從巴黎到加爾各答* 的整個路途上，白素都

會被緊盯着，無法 **逃出** 他們的網，直至交出他們想要的東西為止。

他們想要的，自然不是那四顆鑽石，而是那幅地圖。

周法常果然一點也不急，沒有向白素施加任何壓力，而事實上他在飛機上也不能幹些什麼來。

但白素知道，在轉機的過程中，或者到達加爾各答之後，對方一定早有 **埋伏**，並會有所行動。

大約兩小時後，飛機到達羅馬機場了，周法常幫白素取下手提行李箱，然後緊隨着白素一起下機。

白素這時才發現，機上至少有六七雙 **眼睛** ◉ ◉ 在注意着她，一看就知他們是周法常的同黨。

周法常也拉着 **手提行李箱**，在白素的身旁寸步不離，白素開口道：「真抱歉，我還是搞不懂你所指的東西是什麼。」

「要我給你一點提示嗎？」周法常微笑着說：「那是放在一個寶盒裏的一幅 地圖，而根據這幅地圖，可以找到很重要的東西。」

這哪裏算提示，根本是開門見山叫白素交出地圖來。

白素突然停下來，將自己的行李箱手把遞給周法常，說：「好吧，給你。」

周法常很錯愕，自然而然地伸手握住了手把。

就在這個時候，白素出其不意地向前 奔跑 而去。

周法常和那六七個同黨沒料到白素會有這樣的舉動，登時呆了一呆，周法常握着白素的行李箱，有點 **不知所措**，但很快就意識到，行李箱裏不會有他想要的東西，地圖一定在白素身上。

於是他與同黨一起追上去，可是動作又不能太大，免得惹人注目。

　　原來白素跑往 **入境** 櫃位，想直接入境意大利，以避開周法常和他的同黨。但是那幫人已經追到來了，同樣跟在她的後面，**排隊** 入境。

　　不過周法常他們萬萬沒想到，白素遞上護照的時候，竟然荒謬地用 **筆記本** 假裝成護照，還夾着幾張鈔票賄賂關員。

　　關員望着白素，又望着那筆記本，呆住了許久，白素真擔心對方會收了賄金，讓她通行。

　　幸好對方暗中按下按鈕，通知警員趕來。周法常及其同黨看到幾名警員走過來，登時冒起 **冷汗**，但想到他們至今還沒做出什麼犯法的行為，於是又立即保持冷靜。

　　至於白素則 **求仁得仁**，被警察帶走了。

白素毫不反抗，**十分合作**，在拘留室裏向警方提出要求：「我要見米蘇局長，請告訴他，我是衛斯理的**未婚妻**。」

米蘇是羅馬市警局局長，在意大利警政方面極有地位，他果然立刻趕來見白素。

白素真懂得運用我衛斯理的人脈關係，她知道我曾經替意大利警方做了一件大大的好事，使得縱橫歐洲的**黑手黨**精銳損失殆盡，所以她向米蘇局長提出要求，幫她取回行李箱，並安排她裝扮成**女警**離開機場，再坐船回到巴黎去，目的是要令追蹤者完全猜不到，跟丟了。

　　白素在米蘇局長的協助下，輾轉回到了巴黎，在郊外一幢 **洋房** 深居簡出。

　　她打算先將那幅地圖牢記清楚、理解透徹，才決定下一步該怎麼做。

　　當日第一次看到這幅 **地圖** 時，只覺上面有許多紅色藍色縱橫交錯的線條，令人莫名其妙。如今細心一看，才發現地圖上方有着一行她所不認識的文字。

　　她唯有拍下 **照片** 去問白老大，等了兩天，白老大才回覆那行字的意思是：「神宮第七層簡圖」。

　　雖說是「簡圖」，但也看得人頭昏腦脹。在地圖的右上角，一個紅色的小方框中，有一個「井」字形的九宮格，其正中間的一格裏，有着 **金色的一點**。而在那個小方框旁邊，又有另一行小字。

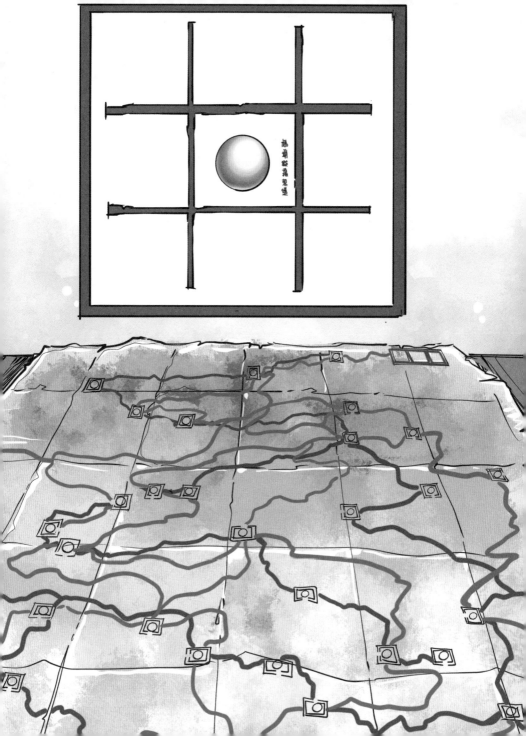

　　白素又拍照去問，這次等了三天，白老大才回覆，那行字的意思是：「 **天來的金球** ，神賜的最高權力象徵，藏在這裏」。

　　她總算明白一些端倪了，那兩個人要她幫忙取出的，就是藏在 **神宮第七層** ，一件所謂「神賜的最高權力象徵」，是個「天來的金球」。

第三章

親赴加爾各答

　　白素在那幢不受人打擾的 **洋房** 中，專心一致地研究那地圖，她假定地圖上的紅線是正常的通道，而藍線則是暗道，因為藍線錯綜複雜得多，幾乎連着每一個小方框。白素也假定小方框是房間，小方框的缺口當然是門了。至於大大小小的 **圓形符號**，她估計是神像。

　　白素可以把地圖的脈絡背得滾瓜爛熟，但問題是，她幾乎沒有可能進入神宮！

神宮建築在山上，稱之為「**神的奇蹟**」也絕不為過，它的宏偉壯麗，比埃及的金字塔不遑多讓。

而那地方，可說是世界上最神秘的地域之一，全是險峻的山路，目前更是個 **戰場**，想踏入那個地方，到達神宮，簡直難如登天！

雖然白素不是一個輕諾寡信的人，但進入神宮取出聖物，實在超出了她的能力範圍；所以她決定到了加爾各答，將地圖和鑽石歸還後，便算了卻這件事。

白素幾乎不帶什麼行李，只是把那張 **地圖** 和四顆 **鑽石** 貼身收藏起來，坐夜班飛機離開巴黎，直飛往加爾各答。

這次過程很順利，沿途沒有被人跟蹤，白素在加爾各答機場匆匆上了 **出租車**，前往信中提及的地址。

　　當出租車停下來的時候，她抬頭向外看，那是一幢很殘舊的房子，門關着，在門旁不遠處的一棵大樹下，有一個老人正垂着頭 **打瞌睡** zzᶻ。

　　白素下了車，走到門前敲門，沒有人來開門，但門「呀」地一聲打開了。

　　門內很暗，像是一個皮匠的作坊，擺放着不少皮匠用的工具，而旁邊有兩道 **樓梯** ，一道通往上層，另一道通向地窖。

白素慢慢地走進去，小心翼翼地喊了一聲：「有人麼？」

屋內依然沒有回應，白素 **猶豫** 了一下，決定先往上層看看，當她爬到樓梯的盡頭時，發現一扇十分堅實的 **橡木門**。

白素又在門上敲了幾下，裏面沒有人回答，她便輕輕地嘗試把門扭開，推門而入，看到門內是一個相當華麗舒適的房間，但沒有人。

白素退了出來，往地窖去看看，由於 **陰暗無比**，不得不扶着 **牆** 向下走，居然給她摸到了一個電燈開關，立即將燈亮着。

地窖裏堆滿了各種各樣的雜物，但正中間有一塊大約五平方呎的 **正方形空地**，擺放着一張椅子，一位年輕人正坐在那椅子上。

「你一定是白素小姐了，我叫 薩仁 ，在巴黎請求你的兩個人中，有一個是我的叔父。現在我帶你去見我的伯父，他會詳細向你説清楚。」那年輕人説。

白素保持戒心，只是點了點頭，便小心翼翼地跟着對方走，在兩大堆 **麻袋** 之中穿了過去，然後薩仁打開了一個大箱子的蓋，跳了進去，白素也跟着進去。

原來那是 **暗道** 的出入口，箱子裏有一道石級直通往下水道。

薩仁忽然問：「白小姐怕 **老鼠** 嗎？這裏會有很多大老鼠。」

「當然不怕。」白素說。

　　薩仁便放心繼續走，白素緊跟着。**污水**的氣味十分難聞，所以他們都走得盡量快，走出了三十來碼，又有一道石級通向上。

　　他們走上石級，頂開了石板走出來，那是一條陋巷。

　　陋巷中並沒有人，薩仁又帶着白素急急地走出巷口，打開了停在路邊的一輛**車子**的車門，駕車而去。

　　薩仁向白素講解：「我們現在去的地方，可以稱為一個**行動委員會**，是專為拯救那個金球而設立的。」

　　白素「嗯」了一聲。

車子最終駛進了一幢大洋房的 花園，立時有人迎了上來，接他們兩人進入大廳，那裏已有七八個人坐着，全都穿着十分特異的服裝。

白素本來還心存懷疑，但她認出這七八個人裏，其中一人正是那個宗教的第二號重要人物 章摩，登時疑慮盡消，連忙雙手合十説：「章摩先生，幸會。」

章摩也 合十 説：「白小姐，我和令尊是很好的朋友，這次他為什麼不來？」

白素忙道：「家父説他年紀大了，力不從心，所以特地叫我來婉拒你的要求，那幅地圖和一切，我現在就 歸還 給你。」

那幾個人面色大變，章摩也驚訝道：「白小姐，這是什麼意思，你不是答應我們了麼？你接受了我們的信，才會懂得來這裏。」

白素聽了這話，不禁 **臉紅** 起來，「不錯，但那只是……安撫那兩位臨死的人。而且我根本不是合適的人選，你們來自那地方，有的還曾在神宮之中居住過，行事起來當然比我方便得多。」

這時所有人都以一種十分異樣的眼光望着白素，不但失望沮喪，甚至對她的人格產生 **懷疑**。

但白素不管了，硬着頭皮從身上取出了那幅地圖和鑽石，放在章摩座位旁的 **茶几** 上，深吸一口氣說：「對不起各位，此事我實在有心無力，告辭了！」

白素不敢看他們的反應，毅然轉身就走。

當她來到了 **門口** 的時候，章摩叫了一聲：「白小姐！」

白素站住了腳步，但不敢回過頭來。

章摩接着説：「白小姐，我們的族人，對於不信守承諾的人，是十分 **鄙視** 的。」

白素的臉愈來愈紅，但保持鎮定地説：「我不是你們的族人。」

章摩説話十分圓滑：「我相信任何民族也是一樣的，**言而無信** 不是好事。不過，我們沒有責怪白小姐的意思，真的一點也沒有。」

白素深深地吸了一口氣，「謝謝你們體諒。」

她繼續向前走，背後傳來薩仁的聲音：「我來送你。」

白素倔強地 **搖了搖頭**，「不用了。」

她一講完，頭也不回，便向外走去，急步地穿過了那個相當大的花園，從鐵門中走了出去，**一口氣** 走過了兩條馬路，才停了下來。

她終於脫離了 **尷尬** 的氣氛，召了一輛車子，隨便找一家酒店過一晚。

白素很餓，但不想在街上流連，於是在房間叫了晚餐。當 **門鈴** 響起的時候，她以為是侍者送餐來了，怎料一扭開門柄，對方就無禮地推門進來，說：「白小姐，我們終於見面了！」

第四章

會見大人物

那個闖進酒店房間來的人，已用槍指住了白素，不僅如此，門外又奔進 **四個人** 來，手中都有槍。

白素沒有反抗的餘地，被五個人擁着離開，上了一輛車子。

十分鐘後，車子直駛進一所 **總領事館**，白素看到了，不禁心頭一震，立時想逃，可是她的前後左右都有武器指住了她！

白素被帶到三樓，只見沿途每隔幾步就有警衛，可知她要去見的那個人，一定是 *非同小可* 的重要人物！

她來到了三樓的一個房間，警衛推開門，讓她進去。

那是一間光線柔和的 **辦公室**，非常寬敞，在一張極大的辦公桌後面，坐着一個人。那人方臉、**大耳**，目光炯炯，十分威嚴。

而在近門的牆邊，站着兩排一共八個彪形大漢。

白素乃是柔術和中國武術的大行家，她一看到那八個人站立的姿態，便知道對方也是 *武藝高強* 的行家。

此外，還有一個老者坐在 **小沙發**  上，他一看見白素，便站了起來，「白小姐，歡迎，我來介紹你認識，這位是我們的大將軍。」

「**大將軍**」，乍聽以為是一個軍階的稱呼，但白素看清楚眼前那位大人物，立刻就明白到，「大將軍」是他的代名詞。他正是那場戰爭進攻方的 **總指揮官**。

白素略帶僵硬地說：「大將軍是為我而來的麼？」

大將軍沒有直接回答，只是忽然重重地 **一拳** 打在桌子上，威嚴地說：「你居然無知到去幫助他們！」

48

白素不卑不亢地道：「**幫助誰是我的自由。**」

大將軍目光如炬地望着白素，「那張地圖，你必須交出來！」

「我已經還給人家了。」

「你以為我會相信麼？」

「*信不信也是你的自由，**與我無關。***」

大將軍突然冷笑，「據情報人員説，那幅 地圖在你手上，而你又失蹤了許多天，相信你已經把地圖看個 **滾瓜爛熟** 了吧？」

白素也冷笑起來，「是的，那段日子我天天潛心研究，將地圖上的所有細節都記得 **一清二楚**。怎麼樣？難道你想我替你繪製一張？」

大將軍笑得很陰森，「繪製就不必了，我知道你一定會胡亂地畫一張，騙過我們，然後**脫身**。」

白素怔了一怔，中升起一股不祥的預感，「那你想怎麼樣？」

只見大將軍站了起來，離開座位，向前走了幾步，那八個守衛大為**緊張**，其中四個立時奔到人將軍的身邊作保護。

大將軍走到白素面前，「你説你可以憑**記憶**繪出地圖，那麼，我就將你帶到神宮去。」

「什麼？」白素叫了起來。

「憑你所記得的路線，帶我們取得想要的東西。不然的話，你將會受到**極其可怕**的待遇。」大將軍露出猙獰的神情。

白素面色發白，説不出話來。她曾經認為自己根本沒可能避過**軍隊**進入神宮，但如今竟然是被軍隊強行帶入神宮去，世事真是荒謬絕倫。

大將軍的手掌突然用力拍在**桌子**上，「我們立即啟程！」

四個大漢隨即押着白素，向門外走去，另外四個大漢則保衛着大將軍，跟在後面。

一輛保安嚴密、設備豪華的 **大卡車** 將白素送到機場，而且是整輛卡車駛進運輸機的機艙內，白素根本沒有絲毫逃走的機會。

這時車廂起了一陣震動，白素知道，飛機要起飛了，她 **無可奈何**，只好力求鎮定，伺機而動。

飛機飛行了十多小時，在這期間，白素享用着極其豐盛的食物，食物都是直接在車廂的食物櫃裏取出來的。

飛機 ✈ 降落到目的地後，車子又開動了，駛至一座建築物，停了下來。

白素被那四個大漢押着下車，走進一間陳設得十分華麗的房間裏。

兩張寬大的沙發上，已各坐着一個人，坐在左首那張沙發上的，正是大將軍。右首沙發上的那個人，是一個普普通通的中年**小個子**，頭髮已有些花白。

那矮小的中年人開口道：「大將軍，也該讓白小姐單獨**休息**一下了，明天還要起程呢。」

「嗯。」大將軍站了起來，和那矮小的中年人一起離開房間。

奇怪的是，這次大將軍身邊除了那矮小的中年人之外，竟然沒有別的衛士，白素認為這是一個**絕佳的機會**，把兩人制服，然後挾持着大將軍逃走。

　　這時，大將軍和那中年人已來到了門口，白素猛地跳起，向大將軍撲了過去！

　　她在撲出去的時候，把接下來的 一連串步驟 都想好了，她準備一手箍住大將軍的脖子，另一隻手隨即奪

過他腰際的手槍，那麼她就可以控制住局面。

　　然而，就在她向前撲去之際，眼前突然人影一閃，她的 **手腕** 已被人抓住！

　　白素立時知道自己遇上了技擊的 **高手**，她想反抗，卻已經遲了，匆忙地劈出的一掌，未能擊中任何人，而她的身子卻被一股澎湃的力量拋了開去。

等到她跌倒在  地氈 上，滾地翻起身來時，她才看到，以如此快疾的動作將她摔倒的，不是別人，正是那個小個子！

這時小個子和大將軍並肩而立，望着剛從地上 狼狽 地站起來的白素。

那小個子笑嘻嘻地說：「給你一個 教訓，你也是技擊專家，應該知道，剛才我那一摔，如果力道稍為加強，你會有什麼後果？」

白素又是生氣，又是沮喪，一句話也講不出來。

從剛才的身手看來，這小個子分明是 **武術造詣** 極高的高手。

「你是誰？」白素沉聲問。

他笑了起來，「你當然記不起我了，但是有一次過年，我卻見過你。那時你只有四五歲，穿着 **一件小紅襖**，可愛得很。你父親説他最喜歡你，當然，這一切，你全都不記得了。」

白素怔了一怔，「你是——」

那小個子笑道：「我相信你父親一定提起過我，我姓錢。」

白素一聽到「**我姓錢**」這三個字，心中猛然一震，呆呆地目送着那人與大將軍離開了房間。

她呆住了許久，才頹然 **坐下**。單憑「我姓錢」這三個字，她就知道對方是什麼人了。

第五章

游擊隊

　　白素從小就聽父親白老大講過，在全國各幫各會之中，從來沒有人不服他，敢和他反抗，除了一個人。他本來是白老大的助手，姓錢，叫錢萬人，**身懷絕技**，和白老大不同的是，他不像白老大那樣，有着好幾個博士的頭銜。

　　只有這個錢萬人，敢和白老大**作對**，白老大要用全副精神去對付他，才將他趕走，聽説他去從軍了，以後便沒有消息。

錢萬人的中國武術造詣，絕不在白老大之下，如今成為了大將軍的 **親信**，對白素來説，情況簡直比鎖上手鐐和腳鋯更糟糕。

白素迷迷濛濛地睡了一晚，天還未亮，她又被押上了那輛卡車，這一次，車廂中只有兩個人，一個是白素，另一個則是錢萬人。

經過一大段 **凹凸不平** 的山徑後，車子終於停下來，錢萬人領着白素下車。

白素看看四周，全是崇山峻嶺，高不可及，山峰上都積着皚皚的 **白雪** ❄。

他們前方是一個小路口，卡車無法通過，那裏停着四輛小型 **吉普車**，其中三輛擠滿了全副武裝的兵士。另一輛空的吉普車，由一名兵士駕駛，倒車駛到白素和錢萬人的旁邊。

白素冷笑，「派這麼多人來押運我，是不是**小題大做**了些？」

錢萬人笑道：「他們不是全為了來押解你的，這裏不太平靜，到處都是流竄的**叛軍游擊隊**，我們不得不小心一些。」

白素上了車，錢萬人坐在她的旁邊，兩輛滿載兵士的吉普車在前方**開路**，一輛殿後，沿途都是曲折陡峭的山路。直到連吉普車也不能走了，約有六十名兵士，在兩個軍官的率領之下，和錢萬人、白素兩人，一同騎着**馬**前行。

到了傍晚時分，馬隊在一座極大的寺院前面停下來，只見寺院有一大部分已被**炮火**毀掉了，但依然可以看出這座寺院的宏偉。

整座寺院駐滿了兵士，作為軍隊的據點。看來錢萬人在軍隊中的地位相當高，一名少校出迎，看到了錢萬人，便立即敬禮。

他們要在這裏過夜，明天再繼續上路。白素被單獨關在一個**小小的*房間***中，她所得到的，只是一盤飯菜、一盞小小的油燈和一條軍氈。

這房間甚至沒有窗，但晚上還是很**冷**，白素用軍氈裹着自己入睡。

到了午夜時分，槍聲響了起來，不但有槍聲，而且還有炮聲，看來是游擊隊在 **偷襲**。

炮聲愈來愈近，連地面都跟着震動。白素跳到了門前，用力地捶着門，但門是緊鎖着的。這時候，房間裏突然有一陣「 **格格** 」的聲響，白素凝神細聽，找出聲響的來源，發現是從房中央的地下傳上來的。

白素連忙吹熄了油燈，房間立時變得 **漆黑一片** ，她靠在牆角，屏住了氣息，一動也不動，只聽到「格格」聲愈來愈響，忽然之間，地板上居然透出了一線光！

而且光線一下子變得很寬，因為地上一塊約三平方呎的方形大磚被頂開，一個人拿着 **手電筒** ，身上掛着機槍，從那地下暗道鑽了出來。

當手電筒的光線照到了白素的時候，那人立刻揚起機槍，指向白素。

這時，地道中又有人鑽了上來，竟是一名**僧侶**，同樣手持着槍，神色十分緊張。

一看到這個情況，白素便明白了。他們是游擊隊員，也一定是這所寺院原來的主人，所以知道有這條暗道。他們**兵分兩路**，一隊人在外面猛攻，另一隊則由暗道進入寺院，內外夾攻。

那持槍僧侶看到了白素，竟以十分流利的英語問：「你是什麼人？軍眷？還是軍隊中的工作人員？」

白素忙道：「都不是，我是他們的**俘虜**，是『大將軍』將我從印度押回來的。」

那僧侶呆了一呆，立時用他們本族的語言講了幾句話，這時候，房間裏幾乎已經擠滿了他們的人，大家聽了僧侶的話後，**議論紛紛**。

　　白素立刻解釋：「我絕不是你們的**敵人**，我在印度的時候，見過章摩先生和薩仁先生。」

　　大家聽明白白素的話後，顯得十分興奮，將一柄機槍塞到了她的手中，然後那僧侶說：「我們有**手榴彈** ，每人大約有八枚。」

　　白素點點頭，「應該可以一拼。」

　　各人互相交換了一個眼色，示意開始進攻，白素便端起了手中的機槍，向那扇門掃出一排**子彈** ，然後一腳將門踢開。

在白素身後的兩個年輕人隨即 竄了出去，順勢拋出了四枚手榴彈。

四下震耳欲聾的巨響過後，濃煙迷漫，白素俯着身子衝了出去，眾人跟在她的後面，衝出了那條走廊，只見前面 **濃煙** 之中，全是手忙腳亂、倉皇失措的人影。

寺院的駐軍雖多，但因為寺外的攻擊十分猛烈，兵士都忙於向寺外還擊，未曾料到寺內還有一支勇不可當的 **突襲隊伍**，從裏往外攻了出來。

寺內的手榴彈爆炸聲四起，寺外的攻勢亦馬上配合，連連炮轟，在內外夾攻之下，寺院的牆終於被轟塌了，驚天動地的**吶喊聲**自外面響起，大隊人馬乘勝追擊，攻了進來。

寺內的駐軍**兵敗***如山倒*，紛紛倉皇撤退。白素想找出錢萬人，可是錢萬人也不見了。

不到半小時，游擊隊大獲全勝，隊員盡可能地撿拾着武器回去。

那僧侶向白素豎了豎 **大拇指**：「打得好！你跟我們一起回根據地去吧？」

「如果你們歡迎的話，我當然去。」白素說。

那僧侶哈哈地笑了起來，用他們的 **語言** 將白素的話傳開去，大家都高興地大笑着。

白素也笑了起來，她感到這些人很 **豪爽**、粗獷，和他們相處絕不需要拘謹客套。

他們一起下山，到了山坡上，便自動排成了五隊，每隊有兩百多人，以極快的步伐向山下走去，穿過一條 **峽谷**，便看到一隊馬隊已在前面相候，兩名騎馬者策鞭迎面奔來。

所有人突然高叫了起來，白素聽不懂他們叫什麼，但看他們的神情，一定是在高呼勝利，而策騎前來的兩個人，自然是這一群人的 **首領**。

就着微弱的 **星光** ，白素看到那兩個人，約莫是三十歲左右，面色沉重，衣著粗陋，卻仍然可以看得出他們是十分有教養的人。

白素被一群人 **簇擁** 着，來到了那兩個人的面前，那兩人便從馬上下來，聽那僧侶講了幾句話。兩人立即望向白素，其中一個以標準的牛津腔 **英語** 說：「歡迎，歡迎，我是薩仁的堂兄。你感到奇怪麼？我是牛津大學的法律系學生。」

第六章

改變主意
神宮涉險

　　白素知道這地方的一些貴族子弟，都十分有教養，所以對方説自己是牛津大學的學生，她也不覺得奇怪。

　　而當知道對方是薩仁的堂兄後，她更感到 了，連忙説：「那好極了，你們和薩仁先生可有聯絡？」

　　那年輕人點頭道：「有的，我們收到薩仁的報告，説你被擄入了一所總領事館之中，很可能被帶進這個地區

來，叫我們多加留意，將你救出。想不到這次偷襲，居然 **一舉兩得**，那真值得慶祝！」

白素也感到十分快慰，在暢談中，有人牽馬過來，給白素騎上。

白素和那兩個 **年輕人** 並駕前行，穿過好幾道峽谷，又經過了一段窮山惡水的山路後，眼前豁然開朗，來到一處大山谷。

在東面的峭壁上，有飛瀑濺下，山谷中綠草如茵，溪水潺潺，在幾條小溪邊上，紮着許多 **帳篷**，一群婦女正在極端簡陋的設備下做飯。

　　婦女和兒童一看到大隊人馬來到，都歡呼着迎了上來，又以十分奇異的眼光望着白素，聽了薩仁的堂兄講解後，得知白素的身分，**歡呼聲** 隨之而起。

　　許多女孩子手拉着手，圍着白素跳起舞來，唱着一種純樸的 **歌曲**。一個老翁和一個老婦人走了過來，將他們雙手捧着的緞帶掛在白素的頸上。

　　這時早已天亮，白素被帶進一個十分整潔的帳篷裏，喝着一種味道酸澀的茶 ☕，這是那個地方特有的待客厚禮，白素雖然喝不慣，也不得不裝出喜歡喝的樣子，將那碗茶吞下肚去。

那兩個年輕人，白素已知道他們一個叫格登巴，一個叫松贊，都是**牛津大學**的學生，是這一股游擊力量的領導人。他們坐下來，第一句話便問：「白小姐，你是否願意到神宮去？」

白素怔了一怔，「我到神宮去？」

松贊說：「是啊，薩仁叫我們盡力請求。」

白素一臉疑惑，「我有一件事**不明白**，可以問一問？」

他們果然是聰明人，不用白素開口問，格登巴便說：「你想問，為什麼我們不自己去，要託你這個外人幫忙？」

白素點了點頭。

只見兩人嘆了一口氣，松贊解釋說：「我們試過不少次了，但都失敗，所以才想到了令尊，而令尊對你**推崇備至**。」

白素不禁苦笑起來，「這**老頑童**的話怎可當真，你們將我估計得太高了。」

松贊和格登巴互望了一眼，才說：「白小姐，如果你真不想去的話，我們可以安排你從一條**秘密**的途徑回印度去。」

看到他們失望的神情，白素實在不忍心再拒絕，便說：「如果不是你們這次**突擊行動**將我救了出來，無論我能不能幫大將軍拿到想要的東西，最後也可能遭他滅口。所以，為了還你們一個**人情**，我應該信守當初的承諾。」

「真的？」松贊和格登巴都大喜過望，「請放心，我們一定會全力協助你的。」

「好，我的確需要你們的配合。」白素心中一面籌劃着，一面説出自己的要求：「首先，我一路前去，需要你們的 **掩護**，有什麼東西，可以使你們的人一見到我，就將我當作自己人？」

松贊想了一想，立即把自己的 ⭕ **戒指** 除下來，交給白素，「我們會將你要前往神宮的消息秘密地傳出去，你戴着我這枚戒指，便會得到所有我們族人的幫助。」

白素接過了戒指，「我還要 **兩柄手槍**，和充足的子彈。」

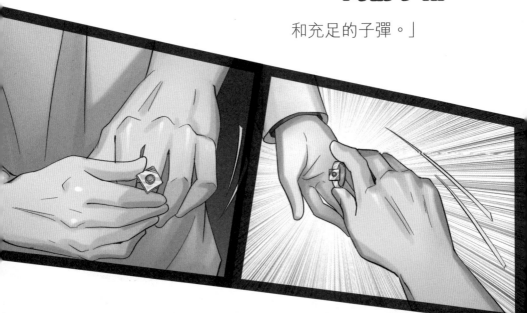

「那容易。」兩人齊聲道。

白素又說：「我要略為化裝一下，還要你們為我畫一張前往神宮的 **路線圖**，我一個人去會比較方便。」

「沒問題，這裏就有一張地圖，有兩條路線可以選擇。」松贊一面說，一面拿出了一個 **竹筒**，從竹筒裏抽出一張地圖，攤了開來。

地圖上的兩條途徑，都畫得十分詳細，沿途什麼地方有對方的 **軍隊**、哨站，以及什麼地方有游擊隊、廟宇、村莊等等，都標示得十分清楚詳盡。

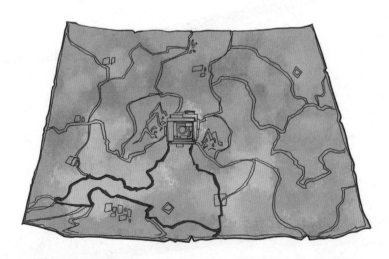

　　白素看了一遍，指着其中一條路線説：「我決定走這條近路。」

　　格登巴點頭道：「好的，我們就設法通知這條路上的**自己人**，全力給你協助。」

　　白素先吃飽睡足，休息充分後，便在一群婦女的幫忙下，化裝成 **土著婦人** 的模樣。手槍、地圖都準備好了，消息也已經傳遞出去，一切準備就緒，白素便跟他們**道別**，毅然出發。

　　沿途山巒起伏、小徑曲折，白素一路上憑着那枚戒指，十分順利，不斷得到協助。趕了三天三夜的路之後，她終於看到那座宏偉無匹，建築在山巔之上的神宮了！

　　夕陽照在那座宏偉得難以形容的神宮之上，反射出 **閃閃金輝**，在四周皚皚積雪的襯托下，美麗得令人不由自主地屏住了氣息。

這是曠世無匹的一座 宮殿 ，而且似乎有着一股神奇的力量，即使遠遠地瞻仰着它，心中也會升起一股神秘而震撼的感覺。

白素呆呆地站了許久，忽然看到一個婦人，扶着另一個拄着木杖、行動十分不便的老者，迎面走了過來。

那位老者一來到白素的面前，便説：「*你來了，你終於來了，我們所有人都知道你一定會來。*」

白素一聽，便知道對方是接應自己的人，連忙低聲道：「老太爺，這附近查得嚴？」

老者嘆了一口氣，「嚴，嚴到了極點。但我們無論如何會使你安全的，你跟我來，扶着我。」

白素連忙走到老者的身邊，與那個中年婦人一起扶着老者前行。天色漸暗，他們在 夜幕 下緩緩而行，於大街小巷中穿來穿去，走了超過二十分鐘，才進入了一間屋子。

　　屋子裏有一種難聞的氣味，相當 **刺鼻**，白素竭力
使自己習慣適應。

　　一推門進去的時候，屋內仍然是漆黑的，但是那老者
咳嗽 了一聲，接着又有一道門打開，漏出了燈光來。

　　白素這才看清，他們雖然進入了屋子，但那只不過是
一個小室，還要進入一道暗門，才是屋子真正的內部。那
道暗門一打開，老者便領着白素，一起走進去。

第七章

攀登險峰

　　那屋子的內部很小，卻擠滿了人，足有二十多個，都圍着一張破舊的圓桌而坐。白素一進來，每個人都站起，望着白素。

　　其中一個五十歲左右的僧侶，**高舉雙手**，以沉緩調子低聲誦念起來。

　　他誦念一些什麼，白素聽不懂，只見所有人都跟着念起來。過了三分鐘左右，**誦念**的聲音停止了，在白素身邊的那位老者才低聲説：「剛才我們為你**祝福**。」

白素很感動，合十道：「謝謝各位，我也祝福各位。」

那老者 **翻譯** 了白素的話，那二十多個人又坐下來。老者接着說：「我們終於等到你來了。」

白素着急道：「事不宜遲，我要怎樣才可以進入神宮？」

「通往神宮的道路全遭到 **嚴密封鎖** 🚫。我們這裏的人，打算兵分三路，去造成一些小騷亂，引開守在神宮外圍的兵士，而你就爬懸崖上去。」老者說。

白素吃了一驚，「爬**懸崖**上去？神宮在那麼高的山頭上，我爬得到上去麼？」

那老者嘆了一口氣，「這是**唯一的辦法**了，我在年輕的時候，曾爬過那峭壁，從下面攀到神宮的底層，大約要一天的時間。但我並不算強壯靈活，而且當時沒什麼攀山工具，所以，以白小姐的身手來說，應該可以趕及在**天亮**之前攀完。」

白素深吸了一口氣，「好，就這麼辦吧。現在出發？」

那老者立即向屋內的人揮了揮手，低聲囑咐了幾句，那些人便分成三批，走了出去。然後老者把一套**登山工具**交給了白素，並指導她如何前往那峭壁的底部。

白素帶着工具，依照指示，很快就來到了一座極其陡峭的峭壁下。抬頭望去，在黑夜中依然看到那座高大宏偉的神宮，就像一頭碩大無朋的**怪獸**蹲在山頭上一樣。

她不敢怠慢，迅速開始 **攀登**，發現那老者給她的爬山工具十分優良而且特殊，有兩隻尖銳的鋼爪，可以插進任何石縫中，抓住常人手指無法抓住的石塊。

她迅速地向上攀登着，自覺速度已經相當快疾，可是每次向上望去，還總是路遠迢迢！

她的雙臂漸漸感到 **酸麻**，但她仍然堅持着，直至攀到了一塊凸出來五六呎的大石上，她才坐下來喘口氣。

看看手表，已經凌晨四時了，她汗流浹背，給山風一吹，冷得一連打了幾個寒顫。

她只休息了五分鐘，便繼續向上攀去，幾經辛苦，當東方漸漸透出曙光、遠處積雪的山峰隱約地閃着銀光之際，白素已經成功攀上峭壁了。

神宮的外牆離峭壁邊緣只不過三四呎，白素向前跨出了一步，背貼着神宮的外牆而立，然後用最快的速度，攀到了最低的一個窗口旁邊。

窗子上橫着鐵枝，白素雙手緊緊地握住了鐵枝，用力地向外拉。鐵枝被她拉得漸漸**動搖**，終於「啪」的一聲，一根鐵枝被她扯脫了。

她立時閃身鑽進去，從窗子的高度推斷，只有八呎左右，她就能着地。可是她一穿過窗子，就直墮下至少二十呎，才跌到堅硬的地面上，幸好她身手敏捷，及時將身子縮成了一團，在地上順勢滾了**幾圈**，把撞擊力卸去了一大半，才沒有受傷。

白素假定這裏是一個地窖，連忙掏出一根 **小電筒** 照明，四周全是灰黑色、潮濕的大石，和一雙雙大得異乎尋常的老鼠眼睛。

她一直向前走，找到了一扇石門。那扇石門有一根很粗的鐵閂，已經完全 **生鏽** 了。白素來到門前，用力地拔着那根鐵閂，手上和身上全沾滿了鐵鏽，才將鐵門拉開。

她推開了門，閃身而進，小心翼翼地用小電筒照進去，發現內裏是一個純粹由巨大 **石塊** 砌成的巨窖，大得像無邊無際，小電筒微弱的光芒根本不能探出究竟來。

白素慢慢探索，看到這地窖中有着許多 **大箱子** 和大簍子，裏面放着什麼，白素無暇去深究，她猜想那是神宮中的物資，説不定已有過百年無人動過，因為地窖之中，充滿了 **陰濕的霉味**。

白素爬上了一堆大箱子，在箱頂上伏了下來，仔細傾聽，包圍着她的是潮濕和黑暗，以及細微的 **齧咬聲**。

她靜聽了許久，除了老鼠的齧咬聲之外，並沒有別的聲音，那表示她暫時安全了，這附近沒有駐守的兵士。

她從箱子上爬下來，向前走着，她必須小心使用電筒，以防 ⚡電力 耗盡，所以她大部分時間是在黑暗之中摸索前進，這樣也不容易被人發現。

她在一座古老悠久而充滿 神秘色彩 的神宮底層，像幽靈一樣漫遊着，這石窖實在廣闊，走了近十分鐘，她才看到了一堵石壁，而沿着那堵石壁走了四十多碼，才又看到了另一扇門。

白素先將耳朵貼在門上，靜聽門後面的 動靜。她聽不到什麼聲音，覺得風險不大，才輕輕地推開那扇門。

當她按亮了電筒之後，不禁深吸了一口氣。

在她面前的，仍然是一個大地窖。但這地窖中卻放滿了佛像，有石的、銅的、木的，林林總總，大小不一。但

是毫不例外地，所有佛像都鑲嵌着各種各樣的 **寶石**，在微弱的電筒光芒下，依然映照出令人目眩的寶光。即使熄了電筒，眼前仍是充滿了各種顏色的異彩。

白素呆了半晌，才慢慢地穿過那許多 **價值連城** 的佛像，向前走去。

沒多久，她發現一道通向上方的鐵梯，抬頭望去，看到鐵梯的 **盡頭處**，似乎有一塊石板可以推開來，使人離開地窖。

白素迅速地爬到盡頭處，又側耳細聽了片刻。

她聽不到動靜，於是嘗試推開石板。她用了相當大的力量，那塊石板才略被她抬起了寸許，立時有一道陽光直射了下來，嚇了白素一跳，一鬆手，**石板** 又落下。

白素的心頭怦怦亂跳，因為她絕未想到，從這裏出去，會是一片曠地。她以為身在地窖，如果往上出去的

話，一定是 **神宮的底層**。所以剛才那突如其來的 ☀ **陽光**，使她大吃一驚。

她定下神來，再度將那塊石板慢慢地抬起。

石板被抬起三寸左右之後，她向外張望，眼睛要好一會才能適應外面的光線，她首先看到一堵石砌的高牆，牆腳下滿是兩三呎長的 *野草* 🌱，沿着牆有一排石壇，壇上全是石刻的佛像。

第八章

捉迷藏

　　外面很靜，似乎沒有人，白素將石板托得更高一些，等到肯定外面 **沒有人** 的時候，才用力將石板托高，橫身躍了出來，再放下石板。

　　她迅速 *躍前*，在兩座佛像之間躲了起來，細心觀察，發現這裏是一個天井，四面全是高牆，只有一條小巷，小巷的盡頭是一道木門。

　　白素趁着沒有人，匆匆走過去，輕輕推開那木門，發出了「**吱**」的一聲。由於此時神宮內十分寂靜，那「吱」的一聲足以令她緊張起來，她連忙側身閃進門去。

　　門內十分陰暗，要過上半分鐘，白素才能夠看清內裏的情形。那顯然是一個 **廟堂**，有許多座佛像，端莊地坐在佛龕之中。

　　而這些佛像也顯然已許久沒有人去照料了，積滿了灰塵。但儘管這樣，鑲嵌在佛像上的各種 **寶石**，仍然閃耀着神秘而奇異的光芒。

　　白素貼着一尊又一尊的佛像，慢慢地向前走着，穿過了那座廟堂，到了另一扇門前，她側耳聽了一聽，門外有 **腳步聲** 傳來！

白素大吃一驚，匆匆躲到一座佛像的背後。

未幾，那扇門被打開，白素看到一小隊兵士巡邏進來，穿過廟堂，向天井那邊繼續 **巡邏** 去。

趁着他們離開了廟堂的時候，白素立即自佛像後面跳出來，奔向那扇他們打開的門，白素發現門外面又是一座廟堂，一間接着一間，真不知道怎樣才找到樓梯，到 **七樓** 去取金球。

雖然白素已經記熟了那幅羊皮地圖，但那只是第七層的簡圖，而且她不是從正途進來，而是 **誤打誤撞** 跌進了一處地窖，所以她也不知道自己正身處神宮哪個位置，該如何上七樓。

她只好 **摸着石頭過河**，一直向前走，忽然又聽到前面有腳步聲傳來，白素連忙又躲進一座佛像的背後。

　　這次更令她膽顫心驚的是，她還聽到錢萬人的聲音！錢萬人在咆哮着：「**一定是她！** 她一定已經混進來了，你們怎麼還未把她搜出來！」

　　另一把聲音委屈道：「請給我們時間，神宮內有上萬個房間，還有無數的暗道，沒那麼容易找到。」

　　錢萬人繼續咆哮：「可是你們有兩師人！動用這麼多人也抓不住一個 **女子**，那是恥辱！」

　　這時，白素從縫隙可以看到那兩個人了，錢萬人走在前面，後面跟着一個將官，穿着少將的制服。

　　錢萬人又命令道：「應該展開 **更大規模** 的搜索，每層以一營人為單位。」

　　少將應了一聲，便轉身去辦。錢萬人則仍然站在廟堂之中，**來回踱步**，心浮氣躁地一腳踢開了一尊小佛像，然後在佛座上坐了下來。

他背對着白素，白素就在他旁邊的大佛像後面，兩人距離只不過六七呎！

白素覺得這是一個極好的機會 **偷襲** 錢萬人，挾持着他，要他帶路到七樓去。

她在這樣想時，由於心情緊張，**氣息** 不禁粗了些。

錢萬人不愧是高手，似有所覺，這時恰好有一小隊兵士巡來，錢萬人二話不説，從兵士手中奪來衝鋒槍，立即向着白素藏身的 **佛像** 掃出一排又一排的子彈。

　　子彈在廟堂之中呼嘯着，發出驚心動魄的聲響，那一尊大佛像瞬間變成了蜂窩，並且「轟」地一聲倒下來。

　　佛像一倒，錢萬人繼續向那個位置掃射，可是很快就發現，佛像後面根本沒有任何人影，眾兵士以 **疑惑** 的眼神望向錢萬人。

　　錢萬人呆了一呆，他對自己的 **觸覺** 很有自信，剛才佛像背後一定有人，甚至可以肯定那就是他要找的白素，所以他又下令：「召集更多的人來，圍住這個廟堂搜索，一隻 **老鼠** 也不能放出去！她一定在這個範圍內，我不會有錯！」

於是，至少有一百多名兵士擠滿了廟堂，將每一尊佛像都 **推倒** 搜查，廟堂內每一個縫隙都用 **刺刀** 刺進去，但依然未找到闖入者。

錢萬人大感奇怪，他肯定當時有人站在佛像後，而且九成九就是白素。可是，哪怕對方是 **孫悟空轉世**，也難以躲過那一排排的子彈掃射。就算給她躲過了，也不可能突然消失於無形之中，白素是用了什麼方法逃去？

「她一定是從什麼 **暗道** 逃走了！」錢萬人來到了那尊佛像後面，和幾個軍官仔細地搜索着，可是完全找不到任何暗道的出入口或痕迹。錢萬人氣得頓足。

其實他所料沒錯，白素的確進入了一條暗道之中。

當時白素在佛像後面 **無路可逃**，只好用力向佛像一推，想將佛像推倒，造成混亂，然後趁亂逃走。

但是，她雙手用力一推之下，卻推開了一扇暗門，那佛像竟是 **空心** 的。她連忙跳進去，那時候，驚心動魄的槍聲已響起來。

白素一進入佛像的內部，身子就直跌進了幾塊翻板，穿過了佛像的底部，又穿過了佛座，直向下跌去。

那些翻板都是經過 **精心設計** 的，翻動一次後，便不能再動，而那佛像已被掃射得面目全非，所以錢萬人無法察覺出暗道來。

白素不知道自己跌進了一個什麼地方，四周漆黑得伸手不見五指，只知自己是掉在一些 **軟墊** 上。

　　可是她還未站起來，左側就「呼」地一聲生出了一股勁風，像是有人撲過來！

　　白素在軟墊上來不及反應，只覺 四面八方 都有人向她撲了過來，雙腿雙臂都被人緊緊地抱住，然後綁起來，還有一條 濕漉漉 的毛巾被塞進了她的口中，使她不能作聲。

　　她被幾個人抬着，向前走去，曲曲折折地走了許久，才停下來。一路上沒有人

講話，也沒有光，使白素有落在一群  幽靈 手中的感覺。

好不容易等到停了下來，才「嚓」地一聲，一盞小油燈被點亮起來。但那盞小油燈的光芒實在 微弱 得可憐，只夠白素看出眼前大概的情形。

她看到一張又一張滿是 皺紋、皮膚粗糙，卻又神情堅定的臉，他們約莫有三十人之多。

其中一個五十多歲左右的中年人，身上披着一塊老羊皮，一雙手臂隆起了結實的 肌肉 。

所有人望着白素，臉上都現出十分驚訝的神色來，議論紛紛，似乎未料到這次俘虜回來的是一名女子。那個中年人顯然是這群人的 **首領**，他留意到白素手上的戒指，立時走到白素面前，拿掉她口中的濕毛巾，驚訝道：「你這枚 ⭕**戒指** ……」

這戒指是松贊給白素作為記認的，族人只要看到這戒指，就明白對方是友非敵。白素連忙將戒指的來歷、自己的身分，還有來這裏的 **目的**，全告訴他們。

那中年人聽了，一面頓足，一面連聲道：「該死！該死！」他轉過頭去，不斷地罵着幾個人。

白素連忙說：「你也不必怪他們，當時的環境那樣黑暗，他們看不見戒指，也不知道我是誰。」

那中年人連忙解開白素手腳上的 **牛筋繩**，那幾個人則輪流過來，俯伏在白素的前面賠罪。

　　白素有點不好意思，連忙 **轉移話題**：「你們是游擊隊嗎？為什麼會在這裏？」

　　那中年人說：「我們是專門管理神宮內所有暗道的，敵人來了之後，我們依然留在暗道之中。」

　　白素立即想起那羊皮地圖上那些複雜的 **藍線**，她早就假定那些藍線是神宮內的暗道，連忙問：「通過這些 **暗道**，是不是可以到達神宮第七層？」

　　那中年人帶點自豪地說：「懂得暗道的人，可以四通八達；而不懂的人，則往往會被困暗道之中，走不出去，活生生地餓死。白小姐，講出來你或者不信，我們其中一項工作，就是 **收拾** 暗道中不時發現的死屍，甚至骸骨。」

第九章

暗道迷蹤 神秘莫測

聽了那中年人的話，白素心中感到了一股 **寒意**，問：「為什麼會有你們這樣的工種？難道神宮內的僧侶也不熟悉暗道？」

那中年人有點驕傲地説：「當然了，暗道縱橫交錯，比你們想像中複雜得多，許多僧侶也得靠我們來

帶路。我們的 **神聖職務** 是一代傳一代世襲的，有了孩子之後，當孩子開始能走路，便讓他們在暗道中行走，所以，我們不需要任何 **燈光**，也能在暗道裏來往自如。」

白素聽了之後，不禁 **嘖嘖稱奇**，心想這一批人，毫無疑問有着世界上最奇怪的職業！

「那麼，你們一定知道金球在什麼地方了，是不是？」白素問。

「**金球**？你指你要取的東西？」那中年人嚴肅地搖着頭，「不，我們絕

不知道其他的一切，連碰也不能去碰那些東西，只是默默地在暗道裏 **服務** 。」

白素心中明白，在神宮裏，暗道內外都藏着許多價值連城的寶物，這些人一定都是百分百的 *忠誠者* ，才會世世代代擔此重任。

「那麼，請你帶我到七樓去，我受了 **委託** ，前來取一件東西。」

那中年人向白素行了一個禮，「沒問題，我親自領你去。」

白素又忍不住心中的好奇，問道：「神宮中的軍隊，難道沒有發現暗道？」

「當然有，可是如我所說，他們在 漆黑 的暗道中轉來轉去，不是虛脫而死，就是被我們的人解決掉。除非將整座神宮 炸毀 ，否則，他們永遠統治不了神宮中的暗道！」

白素接着問：「那麼，一定有一條暗道，可以通出神宮之外？我取得了東西之後，必須立即由 暗道 離去。」

那中年人支支吾吾地説：「有是有的，可是──」

「可是怎樣？你不妨直説。」

　　那中年人嘆了一口氣，「那裏也是我們處理屍體的一條通道，我們發現了死人或是骸骨，就由那裏**拋下去**！」

　　白素聽了，不禁倒抽了一口涼氣，好一會才再開口：「那條暗道，是通到什麼地方去的？」

　　他說：「是通到一處**山谷** 去的，從那裏可以攀過其他的山頭，通向市郊。」

　　白素點了點頭，「好，等我取到了東西之後，你再帶我從那條路出去。現在**事不宜遲**，請帶我去七樓。」

　　「嗯，請你抓住這條帶子，跟着我走。」那中年人將一條**帶子**，交在白素的手中，以便白素可以跟着他走。

　　這人像是長着**貓頭鷹**的眼睛一樣，在黑暗的環境下，依然走得十分迅速，轉彎抹角，行動自如。過了好一會，他突然提醒道：「我們現在要從一道鐵梯向上爬，白小姐小心。」

白素答應了一聲，抓緊那條帶子，跟着那個中年人向上攀，攀了六米多後，又開始在暗道上行走。大概每走上**十分鐘**，就有鐵梯讓他們向上攀一次，攀了七次之後，那中年人停下來，說：「白小姐，我們已經在七樓的暗道中了。」

白素立刻在腦海裏搜尋記憶，「我看過七樓暗道的地圖，那是以一尊**大神像**作入口的，是不是？」

「不錯，那是約六米高的聖母菩薩像，我先帶你到那地方去，然後你再指示我，要到哪裏去取東西。」

他們又向前走去，轉了幾個彎，那中年人便說：「**到了。**」

白素曾經專心一致地研究那張地圖，把神宮七樓的所有明道暗道、神像擺設、房間位置等等都牢記得一清二楚，知道那金球放在什麼地方。

她隨即說：「我們背對着入口處，向左走，然後一直 **↰ 向左轉**，轉上七次，應該會有一條斜道，是微微向上通過去的。」

「不錯。」那中年人帶着讚嘆的語氣說。

白素繼續憶述：「接着是 **向右轉 ↱**，轉上……九次，又由一條斜道通向下，便會到達一間小暗室，我要取的金球，就在那小暗室之中。」

那中年人聽完後，說：「你描述的暗道途徑都是對的，但那裏是否有 **小暗室**，我們不清楚，因為那已經超出我們負責的範圍了。」

「沒關係，請你帶我到那裏去就好了。」

那中年人於是按照白素所描述的路線，帶路前行，大概二十分鐘後，他們在一個約 **三十度** 的傾斜面滑下來。

「白小姐，到了。」那中年人緊張地說：「但請等一等，我不能進去，也不能看內裏的一切，所以我會留在這裏，背對着你，你可以用電筒 **照明** ，去找你要取的東西。直到你完成了，關了手電筒，便告訴我，我會帶你 *回去* 。」

「好的，你轉過身去，我現在就要開始了。」白素等了十秒左右，便掏出手電筒，亮了起來。

她發現暗道不像地窖那樣由大石塊砌成，而是由一條條 **小木塊** 拼湊起來的。

那些木塊，由於年代久遠，已呈酒紅色，卻完全沒有腐蛀的現象。

就在白素的面前，暗道凸出了一角來，有一個獅形的金鈕，連着一個鑲滿了寶石的 **金 環** 。白素抓住了那個金環，拉了一下。

「格」地一聲，一塊約三平方呎的正方形木門被拉了開來，裏面像是一個「井」字形的櫃子，一共有九格，每格大約只有 一立方呎 。

白素一看到這九格空間，便想起地圖上那個「井」字形的九宮格，正中間的一格畫了一個小金點，標示了金球的位置。

可是，這時白素向中間那一格看去，內裏卻 空無一物 ！

白素呆了一呆，隨即望向其餘八格，發現全擺放着各種 稀世奇珍 ，但就是沒有一個是金球。換了別人，看到這些價值連城的

珍品，定必被深深吸引住，愛不釋手地仔細欣賞，但這時白素只關心金球在哪裏。

白素定了定神，仔細觀察，發現中間一格的後面，竟然有一條 圓形的管道 ，像是給什麼巨型地鼠鑽出來的一樣，直徑足有一呎闊。當小電筒的光芒直射進去的時候，她看到了一股異樣的 金光 。

白素轉愁為喜，立即伸手進去，盡量將身子俯向前，幸好她的手臂還算修長，可以碰到那發出金光的東西，那是一個球體。她憑着靈活而有力的手指，很有技巧地將那個球體慢慢挖了出來。

117

　　那是一個金球，直徑近一呎，如果是 **純金** 的話，

至少有一千斤重；可是現在捧在白素手中，只覺十分輕

巧，約有五六磅左右。

白素不管那麼多了，她肯定這個金球就是她要拿的 **聖物**，因為眼前也沒有其他能稱為金球的東西了。她連忙用布袋將金球收好，退後了一步，對其餘八個格子裏的各種寶物不作任何 **留戀** ♥，迅速將木門關上，回復原來的模樣。

然後她關了手電筒，低聲説：「東西已經取到了。」

那中年人立時回應：「很好，我們走吧。」

他又將那條帶子塞到了白素的手中，一面走，一面 **吞吞吐吐** 地説：「白小姐，我……有一個請求，不知道……你能不能答應？」

第十章

功成身退

那中年人向白素提出的請求是：「可不可以讓我們

拜——拜那件聖物？」

白素想了一想，説：「這是你們宗教的東西，當然可

以；只是，你們這群在暗道裏**肩負重任**的人，不是

不能看神宮裏的重要物品嗎？」

那中年人緩緩地説：「白小姐，大家千辛萬苦求你幫忙

取出去的這件東西，一定就是傳説中的那件聖物，你知道

它對我們有多大的意義麼？」

「我不怎麼清楚，但是我知道那是你們信仰的一個**象徵**。」

「可以那麼說，但也不只是象徵那麼簡單，而是實實在在的事情。」

那中年人繼續說：「我們雖然在暗道裏，不能看也不能碰神宮內的重要物品，但也聽說過有一件聖物，當一個有修為的僧侶，對着那 **聖物** 靜坐時，他的精神世界便會擴展到極遙遠、不可思及的地方去。他會得到神奇的 **啟示**，幾百年來，這種啟示使我們的族人興旺、和平、安全。當然，我們這群人沒有足夠的 **修為** 去得到啟示。而我們也不打算破壞規矩，直視聖物。我們只是想 **蒙着眼** ◉◉，對我們宗教的最高聖物拜一拜，振奮一下士氣，安撫一下心靈而已。」

「可以，那當然是可以的！」白素幾乎不用考慮。

那中年人高興得低聲歡呼了一下，「太好了，那我們趕快回去。」

他加快腳步走，幸好白素 **身手敏捷**，也能跟上。

但是走這些曲折複雜的暗道，要急也急不來，還是過了好久，他們才回到原來的地方。

那個中年人對其他人講了幾句話之後，大家都顯得很興奮，紛紛用 **布** 蒙着雙眼，跪了下來。

白素明白他們的用意，便說：「你準備好了嗎？我現在就將 **金球** 拿出來，放到你們面前。」

「準備好了。」他們異口同聲說。

白素將金球拿出來，放在他們面前的石几上，然後退到一邊去，說：「我已經放好了。」

那幾十個人立刻 **膜拜** 着，口中念念有詞，白素當然聽不懂他們在念些什麼。

　　膜拜了好一會，直至那個中年人說了一句什麼話，他們才一起站了起來，那中年人對白素說：「白小姐，我們完成了，請你把 **聖物** 收好。」

　　白素將金球收好，告訴他們可以解開雙眼的布條了，在微弱的油燈光下，也可以看到他們每個人的 **眼睛** 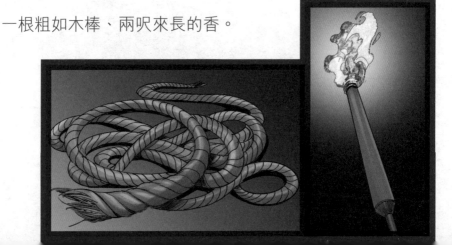 炯炯有神、精神奕奕的。

　　白素用布袋提着金球，**急不及待** 地說：「那請你指引我出去的路，我要離開這裏了。」

　　那中年人轉頭吩咐了幾句，有幾個壯漢去拿了兩大盤極粗的繩索來，其中一個壯漢還拿着一根粗如木棒、兩呎來長的香。

那中年人講解道:「白小姐,那暗道是傾斜通向山腳下去的,我們必須將你用 **繩子** 縋下去。」

「沒問題。」白素說。

那中年人又吞吞吐吐地說:「還有……這條暗道極其污穢和惡臭,你必須點燃這根香,它是我們這裏的寶物,所發出的特殊異香,可以 ***辟除任何惡臭***。」

白素接過了那根香來,湊在小油燈上點着,煙縷升起,散發出一股不濃不淡、恰到好處,聞了令人舒服無比的香味。那種感覺猶如置身於 **古寺** 之中,獨自靜讀一樣。

白素將那金球負在背上,紮了個結實,提着香,便跟着那中年人出發。

他們轉了幾個彎,便停了下來。這次還有兩個壯漢隨

行，一停下來之後，那兩名壯漢便俯身，**用力** 移開了一個大石蓋來。

白素向下望去，並不覺得怎樣，只不過是一片漆黑而已。可是她好奇地俯身看了一下，鼻子因此離開了那根香。

那中年人連忙叫道：「白小姐，不可！」

但已經太遲了，白素一俯身下去，一股惡臭便湧進了白素的 **鼻孔**，令人剎那間血液停頓、五臟翻騰、腦脹欲裂、眼前發黑，那種無形的 **衝擊力** 簡直如炮彈一樣，將白素震了開去。

白素後退了兩三步，雙腿發軟，坐倒在地上，狂吐不止，把胃裏所有 **食物** 都吐完了，那種噁心的感覺還未能消散。直至那中年人從她的手中接過那根香，在她的面前輕輕地搖着，白素用力地吸了幾下那股香味，像是讓

香氣 注滿了五臟六腑，她才漸漸回復過來。

她喘着大氣，「太厲害了！」

那中年人苦笑道：「是我不好，沒向你再三提醒。」

白素掙扎着站了起來，「我也想像不到這洞會惡臭如

此，人真的能下去麼？」

那中年人尷尬道:「坦白説,從來沒有 **活人** 👤 願意從這洞進出過,我們只用這個洞來丟棄屍體。不過,只要你時刻將這根香保持在鼻子前,就不會聞到惡臭,理論上是可以成功穿出去的。」

白素苦笑着點了點頭,把那根香又接回手上來。

那中年人十分虔誠地説:「白小姐,你為了我們,肯作這麼大的 **犧牲**,我們族人世世代代都會感謝你。」

白素聽了之後,只能再苦笑一下,她本來與白老大在歐洲 **度假**,然後準備籌劃與我的婚禮,卻萬萬想不到會被捲入這麼大的旋渦裏,經歷艱辛的險境,遭受可怕的 **煎熬**。

這時繩索已經套在白素的身上了,白素小心地將那根香湊在鼻端,整個人慢慢地向洞墜下去,愈到下面,愈有一種可怖的感覺。

事實上，這時四周漆黑一片，她根本看不見什麼。而那股異香一直縈繞在她的鼻端，所以她也聞不到什麼特別的惡臭。但因為知道這條通道處理過許多屍體，加上剛才嘗到過**惡臭**，使她總覺得十分不自在。

過了許久，她終於看到一點光亮，在她腳底下出現。那**光亮**漸漸地擴大，她已經可以看到，下方是一個大洞。等到她

出了那個 **大洞** 之後，往四下一看，立時全身都不由自主地發起抖來！

那裏是一個不太大的山谷，四處堆滿了白骨和各種不同腐爛程度的屍體，活像 **漫畫** 裏常見的地獄狀況。

有幾百頭醜惡的禿頭鷲，正停在腐屍上面，津津有味地啃食着腐肉，牠們見到了白素，側起頭來看着她，像是在 **判斷** 她是不是屍體。

白素在山壁上找到一個適合着地的位置，站定了身子，解開繩索，照預定的 **信號** 將繩索用力拉了三下，表示她已經安然到達。而那根香一直保持在鼻端附近，不敢移離半分。

可是那根香快燒完了，她必須盡快 **想辦法** 離開這個山谷。

好在她存身的這個峭壁，看來雖然陡峭，但是岩石嶙峋，攀登起來倒還十分容易，提着香也能攀登上去。

等她攀出了那個山谷之際，正是夕陽西下時分。

白素遠遠地望着在山頭上，被夕陽映得金光萬道的神宮，想起自己在神宮中的遭遇，真是**百般滋味**。她不敢多耽擱，又下了山頭，穿過荒野，輾轉來到了市區之中。

她仍然化裝為**土著婦人**，沿路前行，終於回到松贊和格登巴的根據地，再經他們安排，從一條秘密途徑到了加爾各答，去見章摩。

白素將金球交給了章摩，那是一個**十分隆重**的儀式，有許多人參加。

章摩盤腿而坐，對着金球，閉目入定。

　　所有的人都屏氣斂息地等着，過了足足半小時，章摩還未睜開眼來。白素低聲問身邊的薩仁：「他在做什麼？」

　　薩仁答道：「他在靜坐，他是少數對着金球靜坐，能在金球中得到 **啟示** 的高僧之一。」

　　白素有點疑惑，「他真能得到什麼啟示嗎？」

薩仁意志堅定地說:「白小姐,信仰,有時候會有 *意想不到的力量*。」

白素不再說什麼,又過了二十分鐘,章摩才睜開眼來,講了一句話。

隨着章摩所講的那句話,每個人的臉上都現出十分 **失望** 的神色。薩仁輕輕一碰白素,和白素一起退了出來。

一出了那個房間,白素便忍不住問:「怎麼一回事?是不是他得到的啟示,對你們極不利?」

薩仁嘆了一口氣,「不,他沒有得到任何啟示。他將在今天 *午夜* 再試一次,如果還是不能得到任何啟示的話,那就表示他接通神靈思想的能力消失了,必須將金球送到最高領袖面前,由 **最高領袖** 親自在金球前接收啟示。」

「如果⋯⋯你們的最高領袖，也得不到啟示，那怎麼辦？」白素問。

薩仁呆了半晌，才答道：「白小姐，我如果不說，那便是 **欺騙** 你；但我如果照直說了，怕會得罪你。」

白素搖頭道：「不要緊，你說好了。」

薩仁欲言又止了好幾次，才說：「最高領袖的領悟能力是不會失去的，如果他得不到啟示，那便是……這金球有問題了。」

白素呆了一呆，「這是什麼意思？」

薩仁又 **支吾** 了一陣子，說：「這金球……有可能是……假的。」（待續）

衛斯理系列 少年版 28
天外金球 （上）

作　　　　者：衛斯理(倪匡)

文 字 整 理：耿啟文

繪　　　　畫：鄺志德

助理出版經理：林沛暘

責 任 編 輯：梁韻廷

封面及美術設計：Karina Cheng

出　　　　版：明窗出版社

發　　　　行：明報出版社有限公司

　　　　　　　香港柴灣嘉業街 18 號

　　　　　　　明報工業中心 A 座 15 樓

電　　　　話：2595 3215

傳　　　　真：2898 2646

網　　　　址：http://books.mingpao.com/

電 子 郵 箱：mpp@mingpao.com

版　　　　次：二〇二三年一月初版

I S B N：978-988-8828-38-8

承　　　　印：美雅印刷製本有限公司